橋本和子句集

Hashimoto Kazuko

星月夜

Hoshizukiyo

文學の森

故郷の
人の恋しき
星月夜

和子

序

澤井洋子

　橋本和子さんから喜寿の節目に句集を出版したいというご相談があり、いろいろ話をしていてつくづく俳縁の深さを感じました。

「貝の会」に入会されてからの句歴は十年余と浅い方なのですが、亡きご主人の故郷の兵庫県但馬に住み、地元の故三宅睦子主宰の「鴻の鳥」に在籍しておられました。睦子さんの父上門脇氏は私の父澤井我来を気に入っておられたので、句集を出版する際、但馬香美町から神戸元町までお越しになり、序文執筆を我来に依頼したという経緯があります。我来を始め、その当時の俳人達も鬼籍に入り、もうご縁は無くなったと思っていた矢先ですので、但馬縁の和子さんが、句集『星月夜』を上木されることはこの上なく喜ばしいことです。

毎月の句会には欠かさずご出席になり精進を重ねられた結果、句数も三百五句に絞るのに苦労なさった由、いつの間にか立派な俳人に成長され、後輩へのよき指導者になられたと感心いたしました。

母の日や幾度開く三面鏡

若き日の母の俤白椿

父遠忌どの道ゆくも曼珠沙華

母の句は一読ナルシストのようですが、和子さんの母上は大変な美人と仄聞しています。「私は母似ではありません」とご謙遜なさいますが、鏡を開く度に母上の俤をご自分の上に探して懐かしんでおられるのです。

水馬蹴る水音の無かりけり

「貝の会」の師系は「曲水」なので、水巴の句は句会で例句に上げておりました。

引く浪の音はかへらず秋の暮　　水巴

を学んだこともあり、多分にその影響を受けておられるのではと思います。
吟行にもよく参加され、何人かで一緒に行動しているので同じような場面を見ているのですが、対象物をよく観察し視点が少し違っているのが特徴です。

涅槃図に猫探しをり古都の昼
新緑に神歌つのる喉仏
天仰ぐ一番鬼の息白し
青葉潮土佐弁訛る紙芝居
夏館篤姫愛でし紅切子
ティファニーの硝子の洋燈春兆す
黙々と武蔵の庭に蟻の道
壬生狂言人差し指のよく動き

俳句三昧の暮らしの中で感じる一抹の寂しさ、老舗を守る友を思い、また、はらからのこと、和子さんらしく行き届いた自選に安心いたしました。

蟬時雨止みし真昼のふと孤独

時の日や亡夫の時計の動かざる
主婦の座を嫁に委ねて雑煮箸
一筋に老舗を守り今朝の冬
今年又はらから四人初電車

第二句集を目指し、今後も愉しく句作りに励み大きく羽ばたいていただきたいと念願いたしております。

平成二十八年八月吉日

句集　星月夜☆目次

題字　著者
装丁　巖谷純介

句集
星月夜

冬帽子

平成八年〜十七年

平成八年～十年

還暦

紫陽花の円かなる日の誕生日

若竹やサッカーボール高く蹴る

化粧塩膝にこぼして山女魚食む
如月の百度石踏む己が影

鳥帰る替へずじまひの床の軸

ファックスの絵手紙届く夕薄暑

秋冷や日毎膨らむ旅鞄

万葉の一刻いざなふ草紅葉

平成十三年

母恋のこんもり黄身の寒卵

帰省子を待ちて冷凍室の鮎

秋日傘一刻華やぐパール展

筆とれば母と書きたし夜寒かな

北京　二句

初冬や万里の長城真青なり

大陸の広場に憩ふ小春空

平成十四年

「貝の会」初投句

捨て切れぬ生きる証の冬帽子

深爪の痛みし夜の隙間風

平成十五年

春浅し匂ひ袋のあり処

彼岸明け解けし安堵の吐息もる

観音の慈手より落つる花雫

花嫁のブーケ舞ひ飛ぶ聖五月

母の日や幾度開く三面鏡

夫の忌のむらさき深む杜若

仏灯の影ゆるやかに新茶汲む

若葉風子午線つなぐ友の声

草苺ふくめばすとんと故里へ
高階の生活に慣れし秋の暮

大銀杏一村染めて夕日没つ

平成十六年

読み初めの一書を膝に眼鏡拭く

都鳥逢ひたき人の名を恋うて

水温む母の指輪をはめてみし

火の散華修二会の闇を染めゆけり

燈灯り消えて炎のお水取

峡の里夜を深めて遠蛙

梅雨晴間母の手縫ひの紺絣

青柿の落ちし小径の風荒ぶ

少年の素肌眩しき晩夏光

油照り息ひそめたる大通り
天と地の猛りて独りの夜は長し

童女めく姑を囲みて茸飯

鮟鱇鍋民話煮つまる浜の宿

平成十七年

声出して綴る夜更けの初日記

日脚伸ぶ象の歩みは後ろ向き

身の内を覗くカメラや春立つ日

追伸の一語の温み梅開く

塚本志津子様逝去

春の雪喪の一灯の揺らぎをり

紅椿落ちゆく刻のためらはず

紀の国の秘仏に会ひし初桜

制服に慣れし少年風薫る

水馬蹴る水音の無かりけり

虫干しの仕舞忘れし小座布団

乾杯のビールに溶けゆく国訛り

奥座敷昼寝の嬰の一人じめ

篝火の爆ぜて高まる納涼能

浜木綿や沖を平らに夕岬

萱屋根の家紋清けし秋の雨

秋天へ発信機つけて鸛

千枚田海へ波打つ稲の花

天高し女子の打ち込む大太鼓

秋桜伏目がちなる異国の子

厳島花嫁渡す秋の海

敏馬神社

霜月の薄日を返すますそ鏡

冬菊や姑の小部屋の夕灯

雲間より薄日こぼれて牡蠣筏

春の雪

平成十八年〜二十年

平成十八年

初暦小旅に印す二重丸

春の泥赤きショベルの置きしまま

残雪の連峰染める茜雲

鐘一打浅間の山の遠霞

こふのとりの郷一面に春の雪

春炬燵言葉を紡ぐ一人の夜

しろじろと夜空へ湧きぬ老桜

どつしりと木彫りの袖椅子春の昼

さくらさくらよくぞ日本に生まれけり

移りゆく故郷に鳴く河鹿かな

湊川神社楠公祭　二句

楠若葉鳥居をくぐる鼓笛隊

タクト振る指揮者に飛べり夏の蝶

ひと日づつ彩を重ねて濃紫陽花

すべらせて下座へ送る藺座布団

大虹に夕餉の箸を置きしまま

文月や一行だけの置手紙

故郷の人の恋しき星月夜

医通ひの秋の噴水低かりし

一輪車巧みな少女天高し

秋の昼文明開化の灯の匂ひ

秋高し赤きクレーンの伸びに伸ぶ

秋天へイルカのジャンプ宙返り

薄紅葉正午の鐘聞く女人堂

箒目の揃ひし社冬に入る

格子戸の薄日こぼるる冬座敷

平成十九年

初旅の虹に吉祥ある兆し

春暑しグラスボートの熱帯魚

宮古・八重山諸島　三句

春一番島の魔除の十字貝

春うらら離島の大橋化石めく

涅槃図に猫探しをり古都の昼

山野辺の道ゆるやかに春闌ける

住吉神社能楽会

新緑に神歌つのる喉仏

生石神社

霊石に賜る力半夏雨

夕焼の巣塔に影置く鸛

百選の男滝女滝の冷気吸ふ

鉄橋の真下に咲けり浦島草

釣人の三人三様夏帽子

漆黒の島影浮かぶ烏賊釣火

噴水に少女の一群躍動す

蟬時雨止みし真昼のふと孤独

川端の誰が住む家や葛あらし

コスモスの風より生まるちひろの絵

破れ蓮太古を偲ぶ佇まひ

小春日の我楽多市のウルトラマン

三田小学校

冬日射す母校の庭の陣屋跡

冬日和御幣連ねて城下町

平成二十年

清水の坂道飾る餅の花

天仰ぐ一番鬼の息白し

靴音の一人となりて冴返る

三井寺門前町

大津絵の鬼の念仏春一番

草萌や三頭身の地蔵仏

八重椿式部ゆかしき石山寺

大乗寺

水温む襖絵の鯉動くかに
春時雨宇治の川瀬の波立ちて

春の雲宝珠そびえる南円堂

善峯寺

老松に枝垂れ桜の紅添ひぬ

風やみて暮色の包む白木蓮

城濠の細波寄せて藤の花

播磨野の風の中なる代田搔

梅雨曇赤き岩場の忘れ潮

皆敷の笹の葉透ける夏料理

背に残る子象の産毛園暑し

夕暮の峡を灯しぬ合歓の花

故郷の銀河は水の匂ひ連れ

宝厳寺

舟廊下渡る淡海の秋の風

行者道覆ひつくして葛の花

夕映えの稲穂波打つ大江山
満願の山門くぐる初紅葉

宿坊の土間の大釜茸飯

連峰を望む信濃の走り蕎麦

林檎売る嫗の小さき押し車

開戦日記憶の隅のカーキ色

青葉潮

平成二十一年〜二十三年

平成二十一年

贈られし干支箸おろす小正月

砂音のリズム整ふ寒稽古

北前船祀る社の寒椿

春暁の漁港眩しき船灯

梅香る花嫁菓子の届きをり

黒牛の澄みし眼に草萌ゆる

播州清水寺　二句

泰然と丹塗楼門春の雨

祇園女御の大塔跡や花の雨

聖五月二の腕白きピアニスト

竹林の狭間にほのと梅雨の月

たましひの光放ちて初蛍

高知　三句

青葉潮土佐弁訛る紙芝居

手水鉢城の金魚の住み処

炎帝や路面電車の影奪ふ

白百合の鉢植ゑ並ぶ洗濯屋

雲が雲呼んで真昼のはたた神

夏館篤姫愛でし紅切子

身に入むや一つしかない影法師

秋澄むや数多鳴りだすオルゴール

鳴き砂を鳴かせ丹後の秋惜しむ

美濃長良川　三句

末枯の美濃路分けゆく水の音

行く秋の翁を偲ぶ藁草履

耳底に残る鵯の声そぞろ寒

父遠忌どの道ゆくも曼珠沙華

鉄棒に布団干さるる冬日中

真金吹く吉備の中山春近し

平成二十二年

春泥やまだ跳び越える余力あり

春ショール襟足長き京女

ジーパンの子が持ち帰る桜鯛

花筵まだ来ぬ人も数へおく

山葵田に水の昏れゆく奥但馬

つちふるや前頭葉の迷走す

滝落ちて命の飛沫轟かす

てのひらの蛍火一つ子に移す

涼しさを木椅子にあづけ夕ごころ

露の玉敷くや川辺の草筵

万葉の大和路巡り秋の声

秋澄むや遣唐船の朱のマスト

但馬路の山裾かすむ蕎麦の花
秋桜古希の花束やさしかり

回転椅子廻し一人の良夜かな

菊花展庭に休める竹箒

奈良国立博物館

冬ざれや螺髪の欠けし如来像

古希記念旅行　三句

セピア色の思ひ出たぐる冬の旅

辻馬車の白き鬣冬うらら

冬晴の玻璃戸に透けしマリア像

平成二十三年

読み返す一句の余韻夜半の雪

峰寺の菩薩美し春の雪

春深雪百寿の姑の逝き給ふ

ティファニーの硝子の洋燈春兆す

菜の花の黄色へ電車吸ひ込まる

老桜透けゆくほどに日をこぼす

自己主張して県木の新樹光

有馬籠に鉄線花入れ菓子処

時の日や亡夫の時計の動かざる
白球を追ひし少年夏の雲

暁の玻璃戸を走るはたた神
峰山の伽藍に立てり夏の雲

黙々と武蔵の庭に蟻の道

夏空へ園児の太鼓乱れ打つ

不死鳥と名付くとどめの揚花火

真葛原分けて湖北の古戦場

敬老日赤きコサージュ胸に挿す
ほろほろと離宮の庭のこぼれ萩

秋の風古き町屋の通し土間

序奏曲奏で日中の秋の蝉

流鏑馬の花笠駆ける稲の秋

照紅葉迷ひ込んだる獣道

松手入透かして見ゆる瀬戸の海

悼　石井世志子様

一筋に老舗を守り今朝の冬

袖垣の山茶花散らし蕎麦処

白壁の続く土蔵や小春空

秋灯下

平成二十四年〜二十五年

平成二十四年

今年又はらから四人初電車

春浅しゆつくり廻る水車

粛々と進む遷宮伊勢詣

春の雲古代床しき御正殿

心月院　二句

白洲墓所正子手植ゑの初桜

花冷や閼伽井の滑車軋みをり

み吉野の山すつぽりと花の雨
一樹一枝の吐息をもらし桜散る

濡れそぼつ歌劇の町の花菫

日と月の睦みて天地緑さす

木下闇抜けて小さき城の井戸

利尻・礼文島　三句

利尻富士浮かぶ離島の旱星

玫瑰や樺太島は遠からじ

海猫鳴くや夏の小島の去りがたし

丹波路の風そよがせて合歓の花

不動尊へ点す一灯岩清水

父の背の遠くなりゆく夏帽子

梔子の白艶やかに朝鏡

刻まれし絆の一字花氷

香川県屋島　四句

秋灯下息づく子規のらふ人形

秋澄むや瀬戸の小島の影あまた

源平の鬨はまぼろし秋の潮

暗雲の沖より迫る稲光
五色塚の雲さまざまに秋深む

十月の風渡りゆく埴輪群

三田小学校昭和二十八年卒

行く秋の記憶をたぐる同窓会

古丹波の大壺あふるる秋の草

しなやかに生きし真砂女や都鳥

石山寺　二句

落葉踏む音に今昔なかりけり

石山の石に時雨るる芭蕉句碑

平成二十五年

三輪山の影薄れゆく冬の雲

夜もすがら絶えぬ香煙阪神忌

風花や電波時計の発光す

造り滝水かげろふの綾なせり

百獣の王の眼差し花の影

暮の春都大路の人力車

御室桜雅を今に勅使門

壬生狂言人差し指のよく動き

ふくよかな蕾真白に天女花
薔薇の門暫し止まる乳母車

新緑の電車膨らむ学園祭

走り梅雨浮かせてをりぬ八坂の塔

出雲大社　二句

青水無月巌となりし細石

安来節流るる茶店の氷菓子

大門を潜り高野の薄紅葉

むらさきの港の鷗秋の暮

中天へもつれて昇る秋の蝶

木漏れ日に触れて冷たき狛狐

ゼロ戦の残骸祀るみかん山

冬紅葉バケツに雨のしづる音

蔀戸に冬日射し込む如来像

冬の旅一番星に見送らる

初晴

平成二十六年〜二十八年

平成二十六年

初晴や真直に伸びる高野槙

八坂神社

福の豆握りてぬくし女坂

紙漉きの手作り証書卒業す

幼ナ日に還り川瀬の桜狩

犬ふぐり故郷の空すきとほる

郷土富士越えて一閃初燕

白雲を流し讃岐の田水張る

新茶汲む絡繰人形すべり足

新緑や海へとつづく美術館

紫陽花の藍を沈めて水鏡

渓流の苔の匂ひの鮎届く

七重八重水面に映し青楓

万緑に染まる湯の町朱の橋

百日紅風のとどまる船着場

秋立つ日水の流れに石一つ

白き帆を立てて湖水の秋澄めり

愛らしき男の子の手紙秋うらら

陶器市の真中に置かるる吾亦紅

見晴るかす大浦湾の秋惜しむ

灯台を一巡の道返り花

立冬や墨たつぷりとまねき文字

冬紅葉大甕伏せる能舞台

冬紅葉山ふところに延命水

福井県立恐竜博物館

恐竜の太古の化石冬ざるる

平成二十七年

主婦の座を嫁に委ねて雑煮箸

綿菓子の匂ひなつかし初戎

母五十回忌

若き日の母の俤白椿

光りつつ鳩の群れ立つ春の空

みちのくへ点す一灯春の雪

城垣の結界つづく花の冷

夫十七回忌

朗々と僧の声明昭和の日

藤の花大正琴の音に揺るる

壮年の父似の背ナや武具飾る

夕月夜佇てば崩るる白牡丹

藍色のボヘミアングラス梅雨館
天地みな青水無月の透きとほる

モノクロの家族写真や夏の星

海の日や昭和を耐へしレトロビル

行く秋の音色違へて雲中仏

鳳凰堂の阿弥陀の慈眼秋澄めり

茶処の名立たる暖簾秋の風

木の実落つ湖底の山河呼ぶごとし

太閤の愛でし碁盤や紅葉狩

平成二十八年

髪飾り揺らし二十歳の初御空

煌々と身内照らしぬ寒の月

一湾の海の青さや梅の花

あとがき

俳句を始めてから二十年となり、喜寿を迎えるにあたり、人生の節目として句集を上梓いたしました。

句集が出来ましたのは、これまで私を育てて下さいました「鴻の鳥」主宰故三宅睦子先生、平成十四年に息子たちのいる神戸に転居し入会させて頂きました「貝の会」の主宰澤井洋子先生、副主宰楠田哲朗先生、又多くの句友の皆々様のお陰です。

洋子先生には、毎月の例会のみならず、多方面にご指導ご助言を頂き、兵庫県俳句協会創立七十周年夏季俳句大会、記念祝賀会等のご準備ご多忙中にもかかわりませず、「序文」をお願いいたしましたところ、過分なご厚情あふれるお言葉を賜り「貝の会」との深いご縁を感ぜずにはいられませんでした。ただ有難く感謝申し上げます。

句集名は

故郷の人の恋しき星月夜

から『星月夜』といたしました。

神戸から夫の故郷豊岡に移り住み、間もなく母を亡くし日本海側の気候にもなじめず、夜空の星を眺めながら母や故郷を偲んでいた時に詠んだ句です。

豊岡在住の三十七年間は、心温かい人達に囲まれ、但馬ならではの楽しい思い出も多くつくることが出来ました。

三田は私の故郷であり、豊岡は第二の故郷でもあります。

俳句は私の心の糧であり心のより処です。俳句を通し、神戸、但馬、三田と多くの方々とのご縁を頂きましたことを、大変うれしく感謝の気持でいっぱいです。

句集刊行にあたり、澤井洋子先生、西岡美知子様、「文學の森」の皆様に大変お世話になりまして心よりお礼申し上げます。ありがとうございました。

平成二十八年八月吉日

橋本和子

著者略歴

橋本和子（はしもと・かずこ）

昭和15年７月６日　兵庫県三田市生まれ
平成８年　「鴻の鳥」入会
平成14年　神戸に転居のため「鴻の鳥」退会
　　　　　「貝の会」入会
平成24年　「貝の会」直面作家賞受賞
現　　在　「貝の会」同人

現住所　〒651-1223　神戸市北区桂木３-28-1-Ｃ211

句集

星月夜《ほしづきよ》

貝の会叢書
発　行　平成二十八年九月二十二日
著　者　橋本和子
発行者　大山基利
発行所　株式会社　文學の森
〒一六九-〇〇七五
東京都新宿区高田馬場二-一-二　田島ビル八階
tel 03-5292-9188　fax 03-5292-9199
e-mail mori@bungak.com
ホームページ http://www.bungak.com
印刷・製本　竹田　登

ISBN978-4-86438-573-2　C0092
落丁・乱丁本はお取替えいたします。